BEI GRIN MACHT SICH
WISSEN BEZAHLT

- Wir veröffentlichen Ihre Hausarbeit,
  Bachelor- und Masterarbeit

- Ihr eigenes eBook und Buch -
  weltweit in allen wichtigen Shops

- Verdienen Sie an jedem Verkauf

Jetzt bei www.GRIN.com hochladen
und kostenlos publizieren

Bibliografische Information der Deutschen Nationalbibliothek:

Die Deutsche Bibliothek verzeichnet diese Publikation in der Deutschen National-
bibliografie; detaillierte bibliografische Daten sind im Internet über http://dnb.d-
nb.de/ abrufbar.

Impressum:

Copyright © 2016 GRIN Verlag, Open Publishing GmbH
Druck und Bindung: Books on Demand GmbH, Norderstedt Germany
ISBN: 9783668363328

Dieses Buch bei GRIN:

http://www.grin.com/de/e-book/346989/tropical-house-eine-genredefinition-auf-
basis-analytischer-betrachtungen

Manuel Troike

Tropical House. Eine Genredefinition auf Basis analytischer Betrachtungen

GRIN Verlag

GRIN - Your knowledge has value

Der GRIN Verlag publiziert seit 1998 wissenschaftliche Arbeiten von Studenten, Hochschullehrern und anderen Akademikern als eBook und gedrucktes Buch. Die Verlagswebsite www.grin.com ist die ideale Plattform zur Veröffentlichung von Hausarbeiten, Abschlussarbeiten, wissenschaftlichen Aufsätzen, Dissertationen und Fachbüchern.

Besuchen Sie uns im Internet:

http://www.grin.com/

http://www.facebook.com/grincom

http://www.twitter.com/grin_com

Manuel Troike

Tropical House:

Eine Genredefinition auf Basis analytischer Betrachtungen

Eingereicht als Bachelorarbeit im Studiengang „Populäre Musik und Medien" an der
Universität Paderborn

Inhaltsverzeichnis

Abbildungsverzeichnis

1   Einleitung

Schaut man sich die Social Media-Profile von jungen DJs wie Robin Schulz, Kygo, Sam Feld oder Felix Jaehn an, kommt Urlaubsstimmung auf. Abwechselnd posten sie Bilder vom Strand, aus einem Pool, aus dem Privatjet oder von einem Festival mit tausenden Zuhörern. Sie sind in kurzer Zeit zu Superstars der Musikszene geworden. Als DJs und Produzenten machen sie ihre eigene Musik. Im Gegensatz zu den Star-DJs der EDM-Szene[1] wie Calvin Harris, Tiesto, Steve Aoki oder Martin Garrix setzen sie dabei aber nicht auf fette Synthesizer und durchschlagende Bass-Drums, sondern eher auf entspannte Klänge. „Tropical House" oder auch „Deep House" nennen sie ihre Musik. Während Deep House in einer langen Tradition von House DJs steht, die bis in die 1980er Jahre zurückreicht, und eine viel diskutierte Genre-Zuordnung darstellt, wurde der Begriff „Tropical House" eher zufällig vom australischen DJ Thomas Jack eingeführt. „I loved summer vibes and the beach so I thought tropical house would be a cool name" (Nick 2014), erklärt er seinen scherzhaften Genre-Begriff aus dem Jahr 2014.

Seit die oben genannten europäischen DJs diesen Stil aufgenommen und weiterentwickelt haben, sind sie aus den Chartlisten nicht mehr wegzudenken. Unter den Top 20 der deutschen Single-Jahrescharts 2015 (GfK Entertainment 2016) waren zehn Songs, die dem Deep oder Tropical House zuzurechnen sind. Dabei konnte Felix Jaehn mit seinem Remix von „Cheerleader" besonders punkten, aber auch das norwegische „Wunderkind" (Mac 2016) Kygo zählt zu den Wegbereitern dieses Genres.

Tropical House ist keine Clubmusik, bei der Platten miteinander gemixt werden, daher kommen dessen Macher auch nicht aus einer Clubszene, sondern aus den Weiten der Online-Blogs und Soundcloud-Listen (Mac 2016; Lynskey 2016). Das zeigt sich auch daran, dass sie im Gegensatz zu klassischen Club-DJs sehr im Fokus der Aufmerksamkeit stehen (wie es auch im EDM der Fall ist) und sich eine große Fanbase um sie formiert (Langlois 1992, S. 236). Die Generation dieser meist Mit-Zwanziger DJs ist viel mehr Studio-Produzent und Songwriter als „klassischer" live mixender Disc-Jockey.

Die Frage, die sich nun stellt, ist: „Was ist überhaupt Tropical House?". Gerade in der verästelten Verzweigung neuer Subgenres elektronischer Tanzmusik muss differenziert werden, ob Genres musikalische Alleinstellungsmerkmale haben oder ob sie aus kommerziellen Gründen zur Verkaufssteigerung kreiert werden (Caryl 2014). In der folgenden Ausarbeitung soll diese Frage im Fokus stehen. Dazu werden drei ausgewählte Beispielsongs für das Genre Tropical House analysiert,

---

[1] Unter EDM („Electronical Dance Music") als Abkürzung wird im Folgenden die kommerziell orientierte House-und „Big Room"-Szene rund um Festival-DJs wie Steve Aoki und Calvin Harris verstanden (siehe auch Hartmann 2013). Im Gegensatz dazu steht „Elektronische Tanzmusik" als Überbegriff von auf Tanz angelegte elektronische Musik wie House, Techno oder Dubstep.

die auf Basis von medialer Verknüpfungen zwischen Künstlern, beziehungsweise Songs und der Genrezuschreibung ausgesucht wurden. Aus den Ergebnissen dieser Analyse entsteht dann eine primär musikwissenschaftliche Definition. Dabei werden Analyseparameter aus der Literatur zur Analyse populärer Musik entwickelt, die sich besonders für nicht notierte Musik eignen und schwerpunktmäßig Struktur, Instrumentation, Melodie, Harmonie und Klangästhetik berücksichtigen. Außerdem dient ein Verlaufsdiagramm mit den hörbaren Klangschichten als visualisiertes Hilfsmittel zur Strukturanalyse. Die Analyse wird auf Grund der Beschränkungen dieser Ausarbeitung auf musikalische Aspekte fokussiert sein und ebenso wichtige periphere Aspekte populärer Musikkultur (zum Beispiel Fantum, Videos, Präsenz in sozialen Netzwerken) nur am Rande behandeln.

Um eine Abgrenzung zu anderen Subgenres von House und die Kontextualisierung im House-Genre darzulegen, werden außerdem die Geschichte von House und Deep House und deren musikalische Merkmale zusammengestellt. So soll auch die Frage beantwortet werden können, ob es eine Verbindung zwischen Deep House und Tropical House gibt, beziehungsweise welche Strömungen der House Musik im Tropical House aufgenommen werden. Das führt wiederum zu einer Einordnung der musikalischen Analyseergebnisse in bereits bestehende Definitionen elektronischer Musik. Damit im Vorfeld Missverständnisse über Begriffe wie Stil oder Genre vermieden werden können, wird zuerst eine kurze Definition eines musikalischen Genres gegeben.

2 Genre

Fabbri (1982, S. 1) versteht unter einem Genre „a set of musical events (real or possible) whose course is governed by a definite set of socially accepted rules". Diese Definition ist extrem weit gefasst, führt aber auch zu der generellen Möglichkeit Sub-Genres zu bilden und ein spezifisches Event mehreren Genres zuzuordnen (Ebd.). Grundsätzlich ist ein Genre keine statische Kategorisierung, sondern ein flüchtiges und von allen Beteiligten (Musiker, Verlage, Fans) akzeptiertes Regelsystem, das aber durchaus definierte Grenzen hat (Brackett 2005, S. 76–78). Diese „temporality" (Ebd., S. 77) führt aber dazu, dass es keine feste Liste von Merkmalen geben kann, die für alle dem Genre zugeordneten Elementen Gültigkeit hat (Ebd.). Wicke (1992, S. 3) spricht daher bei Genres und Gattungen über „ein sprachliches Etikett, das komplexen und historisch veränderlichen Phänomenen zur Vereinfachung der Verständigung angeheftet wird". Ähnlich drückt auch Fabbri (1999, S. 8) einen praxisnahen Genre-Begriff aus: „genres emerge as names to define similarities, recurrences that members of a community made pertinent to identify musical events".

Im Folgenden wird unter einem musikalischen Genre daher ein Begriff zur Kategorisierung von Musik auf Basis von typischen, sich wiederholenden musikalischen Parametern, die von den beteiligten Gruppen (Rezipienten, Produzenten, Vertrieb) gleichermaßen anerkannt sind, verstanden. Diese musikalischen Parameter können jedoch durch soziale, historische oder ökonomische Merkmale ergänzt werden, sodass Genres nicht nur auf musikimmanenten Faktoren beruhen (können) (Chandler und Munday 2011).

Im Gegensatz zum umfassenden Kategorisierungsbegriff Genre bezeichnet Stil „[a] recurring arrangement of features in musical events which is typical of an individual (composer, performer), a group of musicians, a genre, a place, a period of time" (Fabbri 1999, S. 8). Die Zugehörigkeit von Musik zu einem Genre wird also auch durch die Nutzung bestimmter Stile (zum Beispiel gutturaler Gesang im Metal) definiert. Grundsätzlich stellen Stil und Genre aber sehr verwandte Begriffe und auch Inhalte dar. Moore (2001, S. 441) beschreibt die Unterschiede deshalb folgendermaßen:

> „[S]tyle refers to the manner of articulation of musical gestures and is best considered as imposed on them, rather than intrinsic to them. Genre refers to the identity and the context of those gestures. This distinction may be characterized in terms of 'what' an art work is set out to do (genre) and 'how' it is actualized (style)."

3 Analysemethodik

Die klassische systematische Musikwissenschaft kennt eine Vielzahl von Methoden und Verfahren zur Analyse von Musik. Bei der Anwendung dieser auf populäre Musik ergeben sich jedoch einige Probleme. Ein erstes ist, „dass populäre Musik keine formale Ausbildung voraussetzt, die es ermöglichen würde, Verbindlichkeiten festzuschreiben" (Hemming 2016, S. 77). Selbst wenn die klassischen musiktheoretischen Formen und Kompositionsprinzipien von Künstlern angewendet werden, heißt das nicht, dass sie selbstreflexiv aus der musikwissenschaftlichen Historie gebildet worden sind (Ebd.). Daher postuliert Hemming (Ebd., S. 78):

> Wenn die Gestaltung musikalischer Parameter vor allem auf der eigenen musikalischen Erfahrung aufbaut, die kaum durch Ausbildung, dafür aber durch jede Menge Expertise entwickelt wurde, kommt methodisch auch in der Analyse dem Hören eine größere Rolle als in der auf Kunstmusik bezogenen Musikforschung zu.

Ein weiteres Problem ergibt sich aus der „Notational centricity" (Tagg 2000, S. 38) der systematischen Musikwissenschaft, die dazu führt, dass verschriftliche (oder in Schrift ausdrückbare) Merkmale überbetont werden und andere Merkmale (zum Beispiel Sound und elektronische Effekte), die nicht eindeutig in Noten ausgedrückt werden können, vernachlässigt werden (Middleton 2000, S. 4). Das liegt auch daran, dass die systematische Musikwissenschaft im Normalfall mit der Notenausgabe eines Stückes arbeitet, wo hingegen diese bei populärer Musik höchstens als Transkription vorliegt. Das Analyseobjekt einer textuellen Analyse populärer Musik kann also nur der auf einen Tonträger gebannte produzierte und hörbare Song (Doehring 2012, S. 25) oder eine Live-Darbietung sein. Letztere eignet sich aber auf Grund der Einmaligkeit und der nicht gegebenen Reproduzierbarkeit nur sehr eingeschränkt für wissenschaftliche Analysen.

Wenn die Analyse populärer Musik also „nicht auf elementare Komponenten wie Melodie und Harmonie beschränkt" (Hemming 2016, S. 141) werden und nicht auf Grund der Einfachheit der

Struktur zu einer allgemeinen Kulturkritik populärer Musik führen soll (vgl. Adorno 1929), muss entsprechend einer „Komplexitätsvermutung" (Hemming 2016, S. 141) eine Liste mit verschiedenen Parametern abgearbeitet werden. Eine solche Liste legt neben Philip Tagg (2000, S. 102–105) auch Christofer Jost vor. Er bezieht sich in seinen Ausführungen auf eine „(Klang-)Materialanalyse" (Jost 2012, S. 165), die folgende Parameter umfasst: Muster, Stimmen, Geräusche, Besetzung, Rhythmus, Harmonien, Melodische Konturen, Formteile und Songtext (Ebd., S. 165–169). Eine ähnliche Vorstellung musikanalytischer Parameter für populäre Musik zeigt auch Winkler mit seiner Konzentration auf „harmonic and melodic structure, vocal style and instrumentation" (Winkler 2000, S. 28).

Diese Parameter (Harmonie, Rhythmus, melodische Struktur/Diastematik, Form und Aufbau, Songtext) werden in der Analyse der Beispiele aus dem Bereich Tropical House benutzt. Hinzukommen wird auch eine Betrachtung produktionsspezifischer Merkmale, denn die Auswahl von Effekten, das Mixing und andere Studioprozesse haben großen Einfluss auf die musikalischen Parameter eines Songs (Hawkins 2000, S. 65–68). Die vorgestellten Kriterien beziehen sich grundsätzlich auf eine textuelle, musikimmanente Analyse. Das mag im Bereich populärer Musik zu kurz gegriffen sein, da im großen Zusammenhang auch historische, gesellschaftliche und ökonomische Faktoren Einfluss in diesem Bereich der Popkultur haben[2]. Diese Aspekte kontextueller Analyse können aber auf Grund des beschränkten Umfangs der vorliegenden Ausarbeitung nur am Rande behandelt werden. Ähnlich verhält es sich mit Betrachtungen zu Fankulturen und „dem in einer Kultur vorhandenen Wissen über ein Musikstück, einen Künstler . . . [oder] ein Genre" (Jost 2012, S. 153), die vor allem in einem Genre, das sich stark an Festivals und Remixen vorhandener Musik orientiert, wichtige Kriterien des musikalischen Ausdrucks sind.

Obwohl nicht alle oben genannten Parameter in einer grafischen Darstellung abbildbar sind, wird im Rahmen der Analyse zur Verdeutlichung eine grafische Darstellung angefertigt. Dabei handelt es sich jedoch nicht um eine Transkription in Noten oder Leadsheets, sondern um Verlaufsdiagramme, da diese in der Darstellung popmusikalischen Parameter am vielseitigsten einsetzbar sind (Hemming 2016, S. 128). Dabei sollen bei der „Anlage der vertikalen Achse . . . alle hörbaren Klangschichten so genau wie möglich identifiziert werden" (Ebd.), sodass die Visualisierung der Track-Darstellung von Sequenzern ähnelt und damit zumindest im Bereich der elektronischen Musik das Hilfsmittel der strukturellen Darstellung im Gegensatz zur Notation die Produktionsgegebenheiten der Songs wiederspiegelt (Ebd.). Dazu werden die verschiedenen Klangschichten und deren Variationen farblich markiert. Das Grundraster wird durch achttaktige Abschnitte gebildet, die zur besseren Übersicht durch Trennbalken gekennzeichnet werden.

---

[2] Dazu sei auf Moore (2003) oder Jacke (2009, S. 28–30) verwiesen.

4 Analyse

Als Basis der Definition von Tropical House dient die Analyse von drei grundlegenden Songs des Genres. Dabei ergibt sich grundsätzlich das Problem, dass Beispielsongs für ein Genre gesucht werden müssen, auf deren Basis das Genre erst definiert werden soll. Daher ist die Auswahl nicht willkürlich oder nach ästhetischen Merkmalen, sondern beruht auf der Bekanntheit, dem Erfolg und der medialen Verknüpfung mit dem Genre durch Magazine und Experten. Alle drei Analysesongs oder weitere Titel der Produzenten sind außerdem in den drei großen Tropical House Spotify-Playlisten („Tropical House" von Spotify Deutschland, „Tropical House" von Filtr Sweden und „Totally Tropical House" von Spotify UK) aufgeführt, auf dem Sampler „The Tropical Sessions No. 1" veröffentlicht und in dem deutschen und englischen Wikipedia-Artikel zu Tropical House (Wikipedia 2016b, 2016a) erwähnt.

Dabei kristallisiert sich schnell der norwegische DJ Kygo als Künstler heraus, der das Genre mit seinen Songs „Firestone" und „Stole The Show", das hier als Beispiel dienen wird, sehr prägt (Shah 2015; Phili 2015; Benson 2015; Cheslaw 2015; Thakkar 2015). Der deutsche DJ Felix Jaehn qualifiziert sich mit seinen Remixen von „Ain't Nobody" und „Cheerleader" für die Auswahl der Tropical House Essentials. Vor allem der Remix vom Omi-Song „Cheerleader" schaffte es als Sommerhit 2015 weltweit in die Charts und legte einen Grundstein für den Erfolg der deutschen Tropical House-Szene in den folgenden Monaten (Schwilden 2015; Spiegel Online 2015; Coscarelli 2015; Cheslaw 2015). Als drittes Analyse-Beispiel dient der Song „Show Me Love" von Sam Feldt, der als Zögling von Kygo in der Tropical House-Szene große Erfolge feiert (Oberkalkofen 2015; Josh 2014; Cheslaw 2015; Thakkar 2015).

Merkmal aller drei Songs ist die Kooperation von verschiedenen Künstlern im Remix oder einer Kollaboration. Der Fokus liegt außerdem auf europäischen DJs, da diese (neben den Gewählten zum Beispiel auch Klangkarussel, Robin Schulz, Matoma, Lost Frequencies, Sigala und Klingande) die Chartlisten des Genres dominieren, obwohl auch Künstler wie Justin Bieber Elemente des House-Subgenres in ihre Mainstream-Popmusik[3] aufnehmen.

4.1 Kygo feat. Parson James - Stole The Show

Der Song „Stole The Show" vom norwegischen DJ Kygo wurde in Deutschland am 15. Mai 2015 als Single auf dem Label „B1 Recordings" veröffentlicht (Discogs 2016b). Zuvor wurde er als digitaler Download bereits von Sony am 23. März 2015 in Norwegen aufgelegt (Discogs 2016a). In Deutschland erhielt er für mehr als 400.000 verkaufte Einheiten eine Platin-Auszeichnung

---

[3] Im Sinne eines enggeführten Genre-Begriffs und nicht als Überbegriff populärer Musikkultur verstanden.

(Bundesverband Musikindustrie 2016). Der Norweger Kygo gilt mit diesem Song und dem Vorgänger „Firestone" als Wegbereiter für den modernen Klang des Tropical House (Phili 2015; Shah 2015).

Der Song ist 4:43 Minuten lang, hat ein Tempo von 100 BPM (Beats per Minute) und steht in der Tonart G#-Moll. Instrumentiert wird der Song vor allem durch elektronische, beziehungsweise stark verfremdete analoge Instrumente. Herausstechendes Merkmal ist aber die im Instrumental-Chorus eingesetzte (Pan-)Flöte, die ähnlich einem Pluck-Synthesizer repetitiv als Lead-Stimme verwendet wird. Hinzukommen Steeldrums, Shaker und Tamburine, die für einen karibischen Sound sorgen. Außerdem wird die Instrumentation durch ein Klavier und weitere Trommeln und Effekt-Hits (zum Beispiel Becken und Hi-Hat) ergänzt.

Interessant für einen Song, der grundsätzlich der elektronischen Tanzmusik zuzuordnen ist, ist das sehr lange Gesangsintro, das durch die spärliche Instrumentierung und die erst nach 1:30 Minute durchgehend einsetzende Bass-Drum wenig Impulse zum Mittanzen gibt. An der gleichen Stelle, dem Einsetzen des Instrumentalchorus nach 1:30 Minute, sind die vorher stark gefilterten und gedämpften Trommeln und Instrumente zum ersten Mal „clean" zu hören. Die Effekte werden innerhalb des Gesangsparts am Anfang mehr und mehr zurückgenommen, sodass eine große Steigerung über mehr als eine Minute entsteht, die auf den Höhepunkt, den Einsatz der Flöte, hinarbeitet. Diese Steigerungselemente sind in der House Musik zwar grundsätzlich normal, sie sind aber häufig kürzer und starten bereits auf einem hohen Lautstärke-Level.

Der Aufbau des Songs ist der symmetrisch achttaktigen Struktur elektronischer Musik sehr ähnlich. Der Song beginnt mit einem Takt als Becken-Rise mit Tom-Einwürfen, der auf einem Tamburin Schlag auf der Zählzeit eins der anschließenden Gesangsstrophe endet.

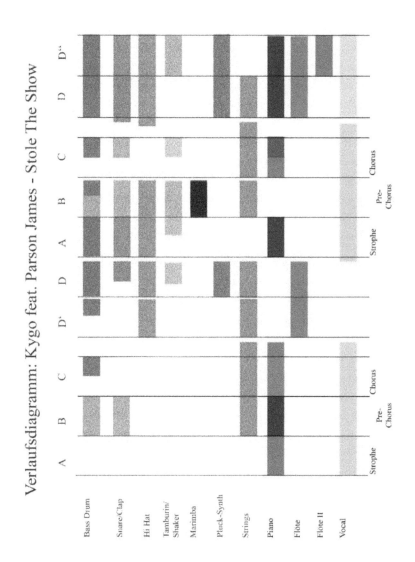

Abbildung 1: Verlaufsdiagramm Kygo feat. Parson James - Stole The Show. Quelle: Eigene Abbildung.

Nach einer achttaktigen Gesangsstrophe (A), die nur von einem orgelähnlichen Sound begleitet wird, der nach einigen Takten immer weiter zu einem Klavierklang geöffnet wird, folgen acht Takte Vocal-Pre-Chorus (B). Dieser wird von einem ähnlich dumpfen Piano begleitet wie vorher. Außerdem kommen flächige Streichersounds als Hintergrund hinzu und auf der Eins eines jeden Taktes ein Bass-Drum-Hit und auf der Drei ein Snare-Hit. Diese sind jedoch auch extrem gefiltert, sodass sie sehr dumpf klingen und vor allem die Snare eine sehr große Hallfahne hat. Der dann folgende zwölftaktige Teil kann als Vocal-Chorus (C) bezeichnet werden. Er enthält textlich die titelgebenden Worte, ist aber musikalisch nicht der einprägsame Höhepunkt des Songs. Das liegt vor allem an der erneut zurückgenommenen Instrumentierung, die nur mit Streicherbegleitung und abgedämpften Klavierakkorden beginnt. Nach vier Takten setzt dann eine four-to-the-floor Bass-Drum ein und das Klavier wird wie vorher in der Frequenz geöffnet, sodass es nach acht Takten nahezu natürlich klingt. Die folgenden vier Takte können als Break verstanden werden, da die Instrumentierung abermals zurückgenommen wird und der Gesang nur von Streichern und sehr leisen Klavierakkorden begleitet wird. Der vierte Takt besteht sogar nur aus einem gehaltenen Streicherklang und kann daher als eine Art Pause gesehen werden.

Im Anschluss folgen acht Takte Pre-Chorus (D') mit der oben angesprochenen Flötenmelodie, die vier Takte von stark betonten offenen Hi-Hat Vierteln begleitet wird. Nach vier Takten setzt die Bass Drum ein und übernimmt die Onbeat-Struktur mit der Hi-Hat zusammen. Der erste Höhepunkt des Songs beginnt erst nach 34 Takten mit dem Chorus (D), der von der Flötenmelodie, die durch eine weitere synthetische, etwas tiefere Stimme ergänzt wird, und einem typischen 4-to-the-floor-Beat mit Backbeat-Hi-Hat dominiert wird. Nach vier Takten wird diesem Konstrukt noch ein Offbeat-Clap und ein durchgehender Achtel-Shaker hinzugefügt. Am Ende dieses Teils werden die Worte „at least we stole the show" gesungen, die in einem Echo den einaktigen Instrumental-Break füllen. Nach diesem achttaktigen Teil wiederholt sich der bereits beschriebene 24 Takte lange Gesangspart (A + B + C) von Anfang, der jedoch etwas lebhafter mit Percussion unterlegt ist. Dabei fallen vor allem Tamburin und Shaker auf, die die hohen Frequenzen sehr dominieren. Außerdem gibt es im zweiten Pre-Chorus ein weiteres Klangelement, das einem Sonar-Ton gleicht und vermutlich von einer Marimba als Einzelton kommt.

Die Wiederholung des instrumentalen Pre-Chorus (D'), der genutzt wurde, um das Flötenmotiv zu Beginn einzuführen, wird weggelassen und nach dem Gesangs-Chorus folgt direkt der instrumentale Chorus (D) in voller Instrumentierung. Der Song endet mit einer achttaktigen Variation des instrumentalen Chorus (D''), der sich durch starke Claps, zusätzliche Shaker und eine weitere repetitive Flötenmelodie auszeichnet. Außerdem wird als Auftakt zu jeder viertaktigen Phrase der Gesangspart „(at least we) stole the show" eingeworfen.

Insgesamt kann gesagt werden, dass Kygo seinen Song sehr abwechslungsreich gestaltet, in dem er häufig viertaktige Phrasen mit unterschiedlicher Instrumentierung benutzt und nicht durchgehend ein achttaktiges Wechselschema verfolgt. Es gibt keine Formteile, die genau gleich instrumentiert werden, eher wechselt die Instrumentierung in einem Formteil mehrfach.

Harmonisch bleibt der Song die ganze Zeit über in der erweiterten G#-Moll Kadenz. In der Strophe (A) bewegt sich die Harmonie vorwiegend zwischen Tonika (G#-Moll), Subdominantparallele (E-Dur) und Tonikaparallele (H-Dur), funktionsharmonisch also eine I – VI – III Verbindung. Das harmonische Schema folgt einem zweitaktigen Zyklus, wobei der erste Takt jeweils komplett von der Tonika gebildet wird. Im zweiten Takt wird halbtaktig von Subdominant- auf Tonikaparallele gewechselt. Dieses Schema setzt sich ähnlich im Pre-Chorus (B) fort. Hier wird jedoch immer volltaktig gewechselt und als vierter Akkord die Dominantparallele (F#-Dur) eingefügt. Auch der Chorus (C) folgt einem viertaktigen Akkordwechsel, wobei die Folge etwas verändert wird. Er beginnt auf der Subdominante und wechselt dann volltaktig über die Dominantparallele und die Tonika zur Subdominantparallele, wobei im dritten Takt jeweils halbtaktig die Tonikaparallele als Durchgangsakkord genutzt wird. Funktionsharmonisch liegt daher eine IV – VII – I – III – VI Verbindung vor. Dieses Harmonieschema wird auch im Instrumentalteil (D) durchgehend zu Grunde gelegt.

Der Tonumfang des Songs reicht vom d' bis zum g''. Besonders im Gesangs-Chorus (C) kreist die Gesangsstimme um das d'', ist also in einer Tonlage, die für viele Menschen nicht mehr ohne Probleme singbar ist. Trotz des großen Tonumfangs bewegt sich die Melodielinie vor allem in Sekunden und Terzen. Dabei sind die Sekundbewegungen am Anfang (in jedem zweiten Takt) der Gesangsstrophe (A) und in Takt eins und zwei, beziehungsweise fünf und sechs des Vocal-Pre-Chorus (B) auffällig, die sehr eingängig nur zwischen zwei Tönen wechseln. Rhythmisch setzt sich die Melodie vor allem aus Achteln und Sechzehnteln zusammen, die an mehreren Stellen punktiert und kombiniert werden, sodass eine abwechslungsreiche Melodie entsteht, die nicht immer direkt berechenbar ist.

Die Flötenmelodie ist tonal wesentlich einfach strukturiert und dreht sich durchgehend um den Ton h''. Dabei folgt sie einem zweitaktigen Schema, das in jedem Takt mit einem Aufschwung vom fis'' über g'' beginnt und dann mit drei bis sechs Repetitionen des h'' weitergeführt wird. Dabei ist die rhythmische Struktur zwar eingängig, da oft wiederholt, jedoch durch die Kombinationen aus synkopierten Achtel und Sechzehntel mit Pausen durchaus rhythmisch komplex. Die zweitaktige Phrase endet immer mit einem Abwärts-Lauf vom d''' über c''' auf das h'', das durchgehend als dominantes Zentrum der Melodie wahrgenommen wird.

Der Text des Songs handelt von einer zu Ende gehenden Beziehung, die das lyrische Ich seiner Partnerin erklären möchte. Dazu werden Metaphern aus dem Bereich der Bühnenaufführungen benutzt, wie zum Beispiel „our debut was a masterpiece", „curtain call" oder „take the final bow".

4.2   Sam Feldt feat. Kimberly Anne – „Show Me Love"

Der Song „Show Me Love", den der niederländische DJ Sam Feldt zusammen mit Kimberly Anne als Sängerin am 21. Juni 2015 auf dem Label Spinnin' Records veröffentlichte (Apple o. J.), ist ein Remake des gleichnamigen Songs von Robin S. aus dem Jahr 1990 (Discogs 2016c).

Der Song hat eine Länge von 3:02 Minuten, ein Tempo von 115 BPM und wurde in C-Dur aufgenommen. Der Gesang der britischen Sängerin Kimberly Anne wird von Percussion, Drums, Piano und verschiedenen Synthesizern instrumental begleitet.

Der Gesangsteil des Songs bis Minute 1:15 kann in drei Teile aufteilt werden. Der Song beginnt ab dem ersten Takt mit der Gesangsstrophe (A), die 16 Takte lang ist. Die ersten 8 Takte werden dabei nur von einem orgelähnlichen Pad-Synthesizer begleitet, der am Anfang ganz leise und mit einem High-Pass-Filter versehen ist. Im Laufe der 16 Takte wird er gefühlt lauter und „heller", was daran liegt, dass der Filter linear zurückgenommen wird, sodass nach und nach mehr Frequenzen des Klangs zur Geltung kommen. Ab dem zehnten Takt setzt außerdem eine Percussion-Spur ein, die einer mit Besen bespielten Snare sehr ähnlich klingt. Im Pre-Chorus (B) wird jeweils auf dem ersten Schlag jedes Taktes ein sehr markanter Piano-Akkord gespielt, außerdem kommt eine Art Tamburin hinzu, das den Snare-Rhythmus unterstützt.

Nach acht Takten folgt der Gesangs-Chorus (C), in dem zum ersten Mal eine typische 4-to-the-floor Bass-Drum einsetzt und der vorherige „Raschel"-Sound wesentlich lauter als nachklingender Snare-Ersatz auf Zählzeit zwei und vier eines jeden Taktes benutzt wird. Zum Ende dieses achttaktigen Formteils wird vor allem das Klavier durch eine Betonung der höheren Frequenzen durch Filter herausgehoben und leitet so zum ersten „Drop"[4] hin.

---

[4] Die Intensität dieses Drops entspricht jedoch keineswegs EDM-typischen Ausmaßen aus Festivalhymnen des Progressive oder Future House.

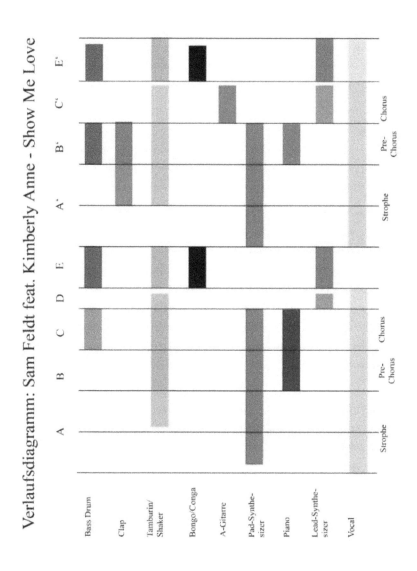

Abbildung 2: Verlaufsdiagramm Sam Feldt feat. Kimberly Anne – Show Me Love. Quelle: Eigene Abbildung.

In dem folgenden kurzen viertaktigen Interlude (D) setzt die Bass-Drum aus und der Schellenkranz wird als einziges Rhythmusinstrument mit durchgehenden Sechzehntel und Betonungen auf Zählzeit zwei und vier eingesetzt. Gesanglich werden die ersten zwei Takte durch den Delay des vorangegebenen „Show me love" gestaltet. Nach zwei Takten wird die titelgebende Textzeile „But you've got to show me love" wiederholt, um dann einen Takt einzig durch den Nachhall und Delay des Gesangs ohne instrumentale Begleitung zu gestalten. Weiteres Merkmal des Interludes ist das Einsetzen des Lead-Synthesizers, der zwar bereits die Chorus-Melodie andeutet, aber wiederum vorerst durch High-Pass-Filter klanglich begrenzt ist.

Nach diesem beschriebenen zweiten Drop schließt sich der Chorus (E) an. Dieser wird rein instrumental gespielt und zeichnet sich durch das Einsetzen von Congas und Bongos und dem Lead-Synthesizer im vollen Frequenzspektrum aus. Außerdem werden Bass-Drum und Schellenkranz analog zu den ersten Takten des Interludes (D) eingesetzt. Am Ende dieses achttaktigen Teils wird erneut eine Art Drop durch Einsatz eines Low-Pass-Filters und Aussetzen der Bass-Drum erzeugt.

Auf den instrumentalen Chorus folgen 32 Takte Gesang, die mit einer sechzehntaktigen Strophe (A') beginnen. Die ersten acht Takte sind wiederum instrumental auf einen flächigen Orgelsound beschränkt, der jeweils auf Zählzeit eins der ersten drei Takte einer viertaktigen Phrase harmonisch wechselt. Der jeweils letzte Takt der beiden viertaktigen Phrasen wird nur durch das Aushalten des Orgelsounds und den leichten Hallraum des Gesangs gebildet. Die folgenden acht Takte der Strophe werden erneut durch den bekannten Rhythmus des Schellenkranzes unterstützt, dieses Mal jedoch sehr betont durch Claps auf den Zählzeiten zwei und vier. Der Orgelsound wird im Laufe der acht Takte klanglich durch Filter-und Klangsynthese verändert, sodass sich eine Steigerung ergibt und der Sound im folgenden Pre-Chorus (B') dem gewohnten markanten Pianoklang gleicht.

Interessant ist, dass sich Pre-Chorus und der darauffolgende Gesangs-Chorus (C') mit Fokus auf instrumentale Begleitung gegensätzlich zu Formteil B und C aus dem ersten Gesangsteil verhalten. Pre-Chorus (B') zeichnet sich vor allem durch Bass-Drum und Toms aus, während der Gesangs-Chorus (C') mit sehr reduzierter Begleitung durch Shaker, Akustik-Gitarre und den dumpf-gefilterten Lead-Synthesizer auskommt. Analog zu Interlude (D) gibt es in diesem Chorus (C') im letzten Takt einen Drop, der wiederum nur aus Hallraum und Delay des Gesangs zusammengesetzt ist.

Der abschließende instrumentale Chorus (E') ist fast deckungsgleich mit Formteil E, wird jedoch durch eine Gesangspassage „Words are so easy to say, but you've got to show me love" in Takt fünf und sechs ergänzt, auf die ein kurzes zweitaktiges Fade-Out im Rahmen des Chorus folgt. Dieses zeichnet sich durch die fehlende Bass-Drum und die Synthesizer-Melodie aus, die im letzten Takt nur noch durch einen Becken-Rise und Hallräume begleitet wird. Das Ende wird durch ein mehrmaliges Delay mit Hall von einem gefilterten Drumhit bei den Worten „me love" gebildet.

Harmonisch ist der Song sehr simpel aufgebaut. Die ganztaktigen Akkordwechsel von Tonika (C-Dur) über Tonikaparallele (A-Moll) und Dominante (G-Dur) zu Subdominante (F-Dur) werden bis auf die beschriebene Ausnahme in Formteil C' durchgehend zu Grunde gelegt. Es ergibt sich funktionsharmonisch also eine typische I – vi – V – IV Verbindung (auch „50s Progression" oder „Doo-Wop-Progression" (Scott 2003, S. 204) genannt), die vor allem im 1950er Doo-Wop „unverwechselbares Erkennungszeichen" (Appen und Frei-Hausenschild 2012, S. 91) war.

Der Tonumfang der Melodie des Lead-Synthesizers ist relativ beschränkt, da er vor allem repetitive Wiederholung des Tons c'' spielt. Dieser wird vom c' über die Quinte (g') und Septime (h') erreicht. Neben diesem Lauf sind vor allem die vier synkopierten Höhepunkte der eintaktigen Phrase auffällig. Von der Wiederholung des c'' geht es kurz abwärts zum h' und dann wieder zum c''. Außer dem großen Intervallsprung am Anfang der Phrase sind hier also vor allem Sekundschritte vorhanden. Die eintaktige Phrase wird drei Mal wiederholt. Beim vierten Mal wird das c'' über f'' und e'' von oben erreicht. In den zweiten vier Takten des instrumentalen Chorus sieht die Melodie sehr ähnlich aus, nur im letzten Takt wird zu Gunsten eines tonalen Schlusses ein direkter Sprung von der Dominante auf die Tonika gemacht.

Im Text des Songs geht es um ein lyrisches Ich, das vom lyrischen Du erwartet, dass es ihm Liebe zeigt („show me love"). Auf Grund verschiedener negativer Vorerfahrungen, wünscht sich das lyrische Ich, dass das Gegenüber aktiv wird und das Herz auf der Hand präsentiert („Come with your heart in your hands"). Dabei legt es vor allem Wert auf Taten und möchte nicht nur leere Worte hören („Words are so easy to say", „Don't you promise me the world", „Actions speak louder than words"). Es handelt sich also grundsätzlich um ein romantisches Thema der Annäherung an eine geliebte Person nach vorherigen Enttäuschungen.

4.3   Omi – Cheerleader (Felix Jaehn Remix)

Das Label "Ultra" veröffentlichte Felix Jaehns Remix vom Song „Cheerleader" am 20. Mai 2015 als digitalen Download (Beatport 2016). Das Original vom jamaikanischen Reggae-Sänger OMI wurde bereits 2012 veröffentlicht (Coscarelli 2015). Der Remix konnte in den USA mit einer dreifachen Platinauszeichnung für über 3 Millionnen verkaufte Exemplare ausgezeichnet werden (Recording Industry Association of America 2015) und schaffte es auf Platz 1 der offiziellen deutschen Single-Jahrescharts 2015 (GfK Entertainment 2016).

Die volle Version des Remix ist 4:21 Minuten lang[5], hat ein Tempo von 118 BPM und steht in der Tonart E-Dur. Instrumentiert wird der Song von Schlagzeug, Percussion, Trompete, Klavier und

---

[5] Es gibt eine gekürzte Radio-Version mit 3:00 Minuten Länge.

Gesang. Auffällige Merkmale sind der Bongo-Rhythmus aus Intro und Outro und die Trompeten-Melodien.

Der Song beginnt mit einem viertaktigen Drum-Intro, mit klassischer four-to-the-floor Bass-Drum, Claps auf den Zählzeiten zwei und vier und Hi-Hats jeweils auf den Achtel-Zwischenzählzeiten. Dieser Rhythmus, ein typischer Disco-Beat (Pfleiderer 2006, S. 310), bildet das Grundgerüst für das gesamte Lied. Nach vier Takten setzen dann die Bongos ein, die sporadisch immer wieder im Verlauf des Songs eingesetzt werden. Es folgen acht Takte (Formteil A) mit Klavier, die das harmonische Grundgerüst vorgeben. Dabei handelt es sich um ein zweitaktiges Schema, bei dem im ersten Takt auf Zählzeit eins der Tonika-Akkord (E-Dur) gespielt wird. Im zweiten Takt wird auf der ersten Zählzeit auf die Dominate (H-Dur) gewechselt und auf der dritten Zählzeit auf die Subdominate (A-Dur). Nach weiteren acht Takten setzen die Bongos aus und es kommt die markante Trompeten-Melodie (A') hinzu, die wiederum nach acht Takten (nach insgesamt 0:48 Minuten) vom Gesang der Strophe abgelöst wird. Der achttaktigen Strophe (B), die wiederum mit Bongo-Begleitung instrumentiert wird, folgt ein viertaktiger Pre-Chorus (C), in dem das Klavier die Akkorde als gebrochene Achtel-Figuren spielt.

Der folgende achttaktige Refrain (D') wird nur von Schlagzeug und Bass-Pluck[6] begleitet. Der Bass-Pluck imitiert dabei Congas, ist aber deutlich elektronisch gefiltert und sowohl tonal, als auch perkussiv angelegt. Zu erwähnen ist, dass der Synthesizer in jedem Takt die gleiche rhythmische Figur aus drei triolischen Vierteln spielt. Der Refrain geht nahtlos in die zweite Strophe über, in der das Klavier wiedereinsetzt und der Bass-Pluck weiterhin die Bongos ersetzt. In dem viertaktigen Pre-Chorus (C'), der sich der achttaktigen Strophe anschließt, beginnt die Trompete damit, auf der Zählzeit zwei einen Einzelton und ab Zählzeit drei drei Achtel als gebrochenen Akkord zu spielen, um dann im Anschluss im Refrain (D) die Melodie aus Formteil A' parallel zum Gesang darzubieten. Dieser Teil wird dann noch einmal wiederholt (D''), allerdings ohne den Gesangspart des Refrains.

---

[6] Von engl. „to pluck" = „zupfen". Pluck-Synthesizer sind durch kurze, sehr markante Sounds gekennzeichnet, ähnlich dem starken zupfen einer Gitarrensaite.

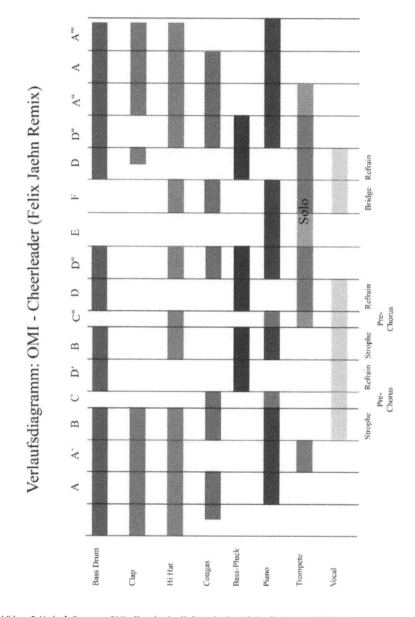

Abbildung 3: Verlaufsdiagramm OMI - Cheerleader (Felix Jaehn Remix). Quelle: Eigene Abbildung.

In diesem Teil sind zum ersten Mal Bass-Pluck und Bongos gleichzeitig zu hören. In den nächsten 16 Takten gibt es ein Trompetensolo (E), das jedoch ab Takt acht von einer Gesangs-Bridge (F) überlagert wird und wiederum im voll instrumentierten Refrain (D) mit Gesang mündet. In der Gesangs-Bridge sticht vor allem der Bongo-Rhythmus heraus, da die Bass-Drum aussetzt und die Bongos alleine die rhythmisch-perkussive Begleitung übernehmen. Der Song endet mit einem 32-taktigen Outro (D'' und A''), das damit über eine Minute lang ist und in dem die ersten 16 Takte maßgeblich von der Melodie der Trompete gestaltet werden. Die letzten 16 Takte gleichen fast dem Intro mit Klavier (A), dieses wird jedoch bis zum Ende gespielt, während die Bongos acht Takte vor Schluss bereits aussetzen.

Die oben bereits beschriebene harmonische Zusammensetzung aus klassischer Dur-Kadenz wird im gesamten Stück nicht aufgebrochenen, es gibt jedoch kleinere Änderungen in der Abfolge und Rhythmisierung der Akkorde im Refrain (D). Hier wird im ersten Takt des Schemas auf die Zählzeit drei ein weiterer Akkordwechsel auf die Subdominante gemacht, sodass funktionsharmonisch die zwei Takte als I – IV –V – IV Verbindung beschrieben werden können. Diese harmonische Änderung ist im Remix von Felix Jaehn jedoch fast nicht wahrnehmbar, da der gesungene Refrain (D) keine harmonische Begleitung besitzt, sodass sie nur aus der Melodiegestaltung in Gesang und Bass-Pluck-Synthesizer, beziehungsweise der Harmonie der Originalvorlage resultiert. Das Zusammenspiel aus Bass-Synthesizer, der jeweils eine Achtel a vor Zählzeit zwei spielt, die wiederum als Gesangston mit einer Achtel cis' beginnt, legt den Wechsel in A-Dur nahe, auch wenn er nicht explizit in vollem Akkord dargestellt wird. Sie ist vor allem auch deshalb schwer wahrnehmbar, da die Akkordwechsel im ersten Takt des Schemas im Formteil D' nicht gespielt werden. Grundsätzlich lässt sich dem Song aber eine sehr simple harmonische Struktur bescheinigen, die von der E-Dur-Kadenz nicht abweicht.

Der Tonumfang der Gesangmelodie schöpft durchgehend aus der eingestrichenen Oktave zwischen e' und e'' mit wenigen Ausnahmen in der Bridge (F). Dabei bewegt sich die Melodie im Normalfall in Sekund- oder Terzschritten. Im Refrain treten außerdem einige markante Quarten auf, so zum Beispiel direkt bei den ersten beiden Noten e'' und h'. Rhythmisch besteht die Gesangsmelodie der Strophe fast ausschließlich aus Achtelfiguren, die nur selten durch kurze Pausen oder punktierte Achtel und Sechzehntel unterbrochen werden. Das hat zur Folge, dass der Gesang gut nachvollziehbar und mitsingbar ist, besonders in dem langsameren Tempo. Im Refrain wird die rhythmische Struktur dann etwas komplizierter durch mehrere Viertel, übergebundene Achtel und die Synkope beim Wort „Cheerleader". Da die Textzeile des Refrains jedoch nur 4 Takte lang ist und weiterhin einen großen Anteil von durchgehenden Achteln aufweist, ist auch dieser Teil des Gesangs gut nachvollziehbar.

Ähnlich simpel ist auch die Struktur des Trompetensignals. Das liegt vor allem daran, dass auch in dieser Melodie der Tonumfang begrenzt ist. In Formteil A' mit dem langsameren und soften Trompetenintro dreht sich die Melodie immer um den Grundton der Tonika und erreicht diese in einer synkopierten Figur (Achtel, Viertel, übergebundene Achtel) vom c' über einen Terzsprung, benutzt also Terz und Quinte des Subdominant-Dreiklangs. Diese Figur wird drei Mal wiederholt und bei jeder Wiederholung durch einen größer werdenden Zusatz im Sinne eines Nachspiels zum Zielton ausgeschmückt. Eine ähnliche Struktur hat die Trompetenmelodie auch im Refrain. Hier wird jedoch der komplette E-Dur-Dreiklang in der aufsteigenden Figur benutzt, sodass der Zielton die Quinte (das a') ist. Im Gegensatz zum seichten Intro (A') spielt die Trompete schärfere Noten, die einem Trompetensignal gleichen. Grundsätzlich ist die Melodie der Trompete wesentlich synkopierter und reduzierter, als die beschriebene Gesangsmelodie.

Textlich behandelt der Song ein romantisches Thema. Das lyrische Ich singt eine Liebeserklärung an seinen „Cheerleader", von der er sagt, dass sie das einzige Mädchen für ihn ist und sie immer da ist, wenn er sie braucht. Außerdem beschwört er ihr die Treue, da er Seitensprünge mit anderen ausschließt, seit er sie gefunden hat. Insgesamt also eine sehr positive und romantische Stimmung.

5   Tropical House

Vor der Synthese der analytischen Ergebnisse soll im Folgenden kurz die Genese von Tropical House im Kontext des House Genres dargelegt werden. Dabei liegt der Fokus vor allem auf den Beziehungen zu den Frühformen von Chicago House und anderen low-tempo Formen der elektronischen Tanzmusik.

5.1   House Music

Da House ein sehr breites musikalisches Spektrum elektronischer Musik umfasst, ist eine Definition dieses Super-Genres[7] schwierig. Charakterisiert wird die Musik vor allem durch eine „4/4 beat structure accented on the off-beats by a hi-hat" (Norman o.J.), eine große Tempospanne zwischen 100 und 140 BPM (Rietveld 1998, S. 4; Snoman 2014, S. 347) (wobei ein Großteil zwischen 124 und 128 BPM liegt (Sean 2015)) und die Komposition um A-Moll als harmonische Grundlage, die vor allem für bessere tonale Mixbarkeit sorgt (Snoman 2014, S. 347). Weiterhin wichtig für House Musik sind die unten näher beschriebenen Einflüsse aus Philadelphia Soul, Funk und Disco, die für ein wesentlich wärmeres Feeling sorgen, als in den elektronischen Genres Techno oder Drum 'n Bass (Norman o.J.). Diese „marriage of melody and groove" (Bidder 1999, vii) sorgt vor allem auch für eine „proliferation of hybrid sub-genres" (Reynolds 1998, S. 422) die ein Zeichen dafür ist, dass House (auch heute noch) lebendig ist und sich ständig weiterentwickelt (Ebd.).

---

[7] Im Sinne eines mehre Subgenres umfassenden „Über"-Genres.

5.1.1 Chicago House

Als Mutter dessen, was heute allgemein als House Musik bezeichnet wird, kann der Chicago House angesehen werden, der bereits Ende der 1970er Jahre von Frankie Knuckles in Chicago geprägt wurde. Auf ihn geht auch der Name des Genres zurück, denn Knuckles legte in den späten 1970er Jahren im Club „The Warehouse" in Chicago auf (Ebd., S. 16–17). Als „up-tempo type of disco" (Rietveld 1998, S. 17) in einem Tempo von 120 bis 130 BPM (Pfleiderer 2006, S. 315) mixte Knuckles „Philadelphia soul music, New York club music, Euro-Disco" (Rietveld 1998, S. 17) mit den eigenen Rhythmen seiner Drum Machines (Ebd., S. 16–18). Grundsätzlich geht die Entstehung der House Musik auf die Ostküste der USA zurück, die vor allem in Chicago, Detroit und New York viele DJs beherbergte, die aus dem Fundus ihrer afro-amerikanisch geprägten Plattensammlung schöpfen und im Club zu tanzbaren Tracks zusammenmixen konnten (Poschardt 2015, S. 307). Dabei konnte House damals nicht unbedingt als distinktives Genre, sondern eher als „approach to make 'dead' music come alive" (Reynolds 1998, S. 16) verstanden werden. Diese reine Mixkultur wandelte sich aber in den frühen 1980er Jahren mit dem Aufkommen der ersten Synthesizer und Drum-Machines, die es möglich machten, eigene Instrumentationen und damit originäre House-Tracks ohne teure Studioaufnahmen zu produzieren (Pfleiderer 2006, S. 314–315).

In den 1990er Jahren differenzierte sich in Großbritannien die Elektro-Szene in den Rave-geprägte Acid-House und den eher cluborientierten, souligen Stil „Garage House" (Reynolds 2014). Besonders letzterer kann in Zusammenhang mit dem gleichzeitig entstehendem Deep House als Grundlage des Tropical House bezeichnet werden. Obwohl beide Subgenres aus einer Disco- und Gospel Tradition kommen, die sie dann mit elektronischen Beats und Bässen untermalen, gibt es doch Unterschiede in der Grundausrichtung. Diese lassen sich vor allem im etwas langsameren Tempo des Deep House, aber auch in der größeren Ausprägung von Gospel-Elementen im Garage House finden. (Allmusic o.J.; Ireland 2015).

Nach Crauwels (Crauwels 2016a) dient als Basis von Garage und Chicago House vor allem der Roland TR-909 Drum Computer, dessen harte Kick-Drums und Offbeat-Hi-Hats für den charakteristischen House-Sound sorgen. Weitere Merkmale sind „a deep and rich R&B bass, diva vocals (usually) and tickling piano melodies culminated in a tingling, all-night-long dance sensation, intensified by XTC" (Ebd.). Außerdem ist der typische Disco-Beat aus four-to-the-floor Bass-Drum, Backbeat-Snare und Offbeat-Hi-Hat ein markantes Kennzeichen und grundlegendes rhythmisches Element von (Chicago) House (Pfleiderer 2006, S. 310).

5.1.2 Deep House

Während Garage und Chicago House eher in einer Tradition von Disco und Funk stehen und nur schwer von Disco Musik zu unterscheiden sind (Poschardt 2015, S. 295), orientiert sich Deep House stark am R&B und Philly Soul (Reynolds 1998, S. 22) und legt den Fokus vor allem auf weibliche Vocals (Sessions X 2016; Kutter 2016) und die Nutzung von elektronischen Pianos und Orgeln (Crauwels 2016b). Trotzdem kann gerade Deep House als das Sub-Genre verstanden werden, das „the core disco values that Chicago house preserved at its core" (Sessions X 2016) weitergetragen hat. Es kann aber auch als „Fusion von Techno und Soul" (Leimann 2001) oder „[e]ine Verfeinerung von Garage" (Ebd.) beschrieben werden.

Typisches Merkmal von Deep House ist die für elektronische Tanzmusik sonst unerlässliche Climax-Struktur, die in dieser Form des House fehlt, um das Ziel durchgehender Tanzbarkeit zu erreichen (Crauwels 2016b). Der Name basiert auf der Nutzung von „deep bass lines mixed with atmospheric jazzy chords" (Snoman 2014, S. 348), die im Kontrast zu den „happy vibe[s]" der Disco-House-Ableger steht. Harmonische und melodische Besonderheit des Deep House ist die Verwendung der kompletten chromatischen Tonleiter, sodass gesampelte Akkorde einfach gepitcht werden, um den typischen tiefen Klang zu erreichen (Kutter 2016). Außerdem basieren viele Deep House-Songs auf Moll-Kadenzen (Brown 2015), die den Charakter des „depressing feel" (Kutter 2016, S. 360) gut betonen. Als einer der ersten Deep House-Songs kann „Can You Feel It" von Mr. Fingers bezeichnet werden (Brown 2015).

In den Jahren seit 2013 hat sich in Europa eine neue Form des Deep House entwickelt, die sich zwar an einigen Stilmerkmalen aus den 1980ern orientiert, aber nicht gradlinig als „Revival" gesehen werden kann (Jäger 2015). Von Kritikern wird dem modernen Deep House (von ihnen auch „Derp House" (Brown 2015) genannt) vorgeworfen, dass er nichts mit dem ursprünglichen Soul zu tun hat und eher als (falsches) Label für ruhigere EDM-Musik verwendet wird (Ireland 2015; Lynskey 2016; Kutter 2016). Kultürlich hat sich der Sound des Deep House von Künstlern wir Robin Schulz und Lost Frequencies dem ästhetischen Klangbild modernen House-Produktionen angepasst, vor allem in der Soundästhetik von Kick Drum und Synthesizern. Die grundlegenden Elemente von Garage House, Chicago House und Deep House mit Wurzeln im Disco und Soul sind aber nicht zu verleugnen. Das zeigt sich im ähnlichen langsamen Tempo, fehlenden EDM-typischen Rises und Drops und der Orientierung einer Klangästhetik, die auf gefühlvolle Vocals und „reale" Instrumente (besonders E-Pianos und Rhodes-ähnliche Pianos) setzt. Großer Unterschied ist aber besonders die Stimmung der Songs. Während im „klassischen" Deep House eine eher dunklere Atmosphäre im Mittelpunkt steht, sind die Songs der neuen Generation sehr fröhlich.

5.1.3 Balearic Beat

Als weiteres Genre, das eine gewissen Nähe zu Tropical House aufweist, kann Balearic House, Balearic Beat oder einfach kurz Balearic gesehen werden (Matos 2016). Dieses Genre entwickelte sich Ende der 1980er auf Ibiza und wurde dort vor allem vom DJ Alfredo Fiorito geprägt (Brewster

2008). Grundlegende Merkmale sind ein langsames Tempo, Einflüsse aus Funk, Soul und Italo-Hits und seichte, perkussive Beats (Boiler Room 2014). Mit den Worten von Pionier DJ Alfredo (Ebd.):

> „My definition of Balearic; its a music mostly, eclectic, happy, sexy, not cheesy, that gets its roots in the origins of dance music and flourishes on the dancefloor, as a sound that makes you forget genres, or categories and you just enjoy it, listen to it, dancing and sharing it. Beat poetic, but real!"

Ausschlaggebend dabei sind aber weniger musikalische Merkmale, sondern viel mehr Kategorien wie Feeling und Chillout, die vielschichtig musikalisch erreicht werden können und eher mit der persönlicher Erfahrung von balearischen Orten, als mit musikalischen Parametern zu definieren ist (Brewster 2008; Morse 2012).

5.2 Synthese der Analyseergebnisse

Aus den oben analysierten Beispielen ergeben sich mehrere Merkmale, die Tropical House-Musik ausmachen. Zum ersten handelt es sich bei den Songs häufig um Kollaborationen oder Remixe älterer Songs. Das liegt vor allem daran, dass die meisten Produzenten männliche DJs sind, die wenig Erfahrung im vokalen Bereich haben. Daher besteht die Kooperation in vielen Fällen aus einem DJ und Produzenten und einem Sänger oder einer Sängerin, wie es auch bei „Stole The Show" und „Show Me Love" der Fall ist. Der Song von Sam Feldt ist aber auch Beispiel für eine „Revival-Kultur", die vor allem in der elektronischen Musik der letzten Jahre vorhanden war. Im Gegensatz zu „Cheerleader" ist „Show Me Love" jedoch kein Remix, sondern ein Remake, da aus dem Original von Robin S. gar keine Samples übernommen wurden. Felix Jaehn hat für seinen Song die Originalstimme von OMI benutzt und diese mit einem neuen Instrumental hinterlegt. Weitere Beispiele für Remixe oder Remakes im Bereich von Tropical House sind unter anderem Robin Schulz „Sugar", Sigala „Easy Love" oder Felix Jaehn „Ain't Nobody".

Ein weiteres Merkmal der analysierten Songs war der Fokus auf eine instrumentale Hookline. Auch wenn diese teilweise synthetisch erzeugt wurde, lehnen sich alle drei Hooks an reale Instrumente (Trompete, Panflöte, Steeldrum) an oder sind zumindest nicht direkt als elektronische Synthesizer zu erkennen. Wichtig ist auch, dass nicht der gesangliche Refrain im Mittelpunkt der Songs steht. Zumindest bei „Show Me Love" und „Stole The Show" dient der gesangliche Part als eine Art Song im Song. Beide Gesangsparts haben eine klassische Strophe-Pre-Chorus-Refrain-Struktur, leiten dann aber erst nach dem Gesangsrefrain zum eigentlichen Höhepunkt des Songs, der durch den Einsatz des Leadsynthesizers und voller perkussiver Begleitung gekennzeichnet wird. Obwohl Felix Jaehns Remix von „Cheerleader" wesentlich näher dem Originalablauf des Gesangs angeglichen ist, stehen die Trompetensoli und -signale im Vordergrund des Songs.

Es sind jedoch nicht nur die Lead-Stimmen, die sich an realen Instrumenten orientieren. Das gesamte Instrumental ist im Gegensatz zum Techno, aber auch zu anderen House-Subgenres wie Progressive

House oder Future House nicht so stark von elektronischer Klangsynthese geprägt. In allen drei Songs spielt ein Klavier als Begleitinstrument eine große Rolle, um Harmonien abbilden zu können. Diese Aufgabe wird in der elektronischen Musik sonst eher von Synthesizer-Flächen übernommen. Vor allem im Song „Cheerleader" und „Show Me Love" wird das Klavier nur benutzt, um bei voll- oder halbtaktigen Akkordwechsel die Akkorde zu verdeutlichen. Kygo setzt das Klavier in „Stole The Show" in Erweiterung dazu auch als Rhythmusinstrument ein (siehe Vocal-Chorus Formteil C). Außer im Song „Cheerleader" wird das Klavier aber auch einer elektronischen Klangveränderung unterzogen. Dabei wird diese Veränderung vor allem als Steigerungselement benutzt. Am Anfang der Strophen ähnelt der Klang der Begleitung in „Stole The Show" und „Show Me Love" eher einer Orgel- oder Padfläche. Erst im Laufe der Gesangsteile wird diese „Verdumpfung", die vor allem durch Filtertechniken erreicht wird, zurückgenommen, sodass ein natürlicher Pianoklang entsteht.

Die Beispielsongs von Kygo und Sam Feldt haben auch im Aufbau große Gemeinsamkeiten. Beide beginnen mit einer sehr ruhigen Gesangs-Strophe, die nur durch Akkordflächen begleitet wird. Dann folgen im Laufe der Strophe oder im Pre-Chorus erste perkussive Begleitungen, die zum Gesangs-Refrain hinführen. In beiden Songs gibt es vor dem Höhepunkt (dem instrumentalen Chorus) durch extreme Reduzierung der Instrumente, beziehungsweise komplette Spielpausen einen Break.. Der erste durchgehende Einsatz einer Bass-Drum in voller Frequenz findet erst im instrumentalen Chorus mit Einsatz der Lead-Stimme statt. Die Melodie des Lead-Synthesizers wird in beiden Songs bereits vor dem eigentlichen Höhepunkt angedeutet („geteasert"). Ähnlich verhält es sich auch mit der Trompetenmelodie in „Cheerleader", die jedoch direkt am Anfang bereits in langsamerer Fassung dargeboten wird. Der weitere Verlauf der beiden Songs ist ebenso ähnlich. „Stole The Show" und „Show Me Love" gehen beide nach dem instrumentalen Chorus zurück zu einer ruhigeren Strophe, um dann den beschriebenen steigernden Aufbau ein zweites Mal zu durchlaufen. Alle drei Songs enden mit der prominent ausgestellten Lead-Melodie als instrumentaler Chorus.

Ein weiteres gemeinsames Merkmal der drei Songs ist, dass es jeweils über eine Minute dauert bis sich ein durchgehender Beat, vor allem in Form von einer four-to-the-floor Bass-Drum, ausmachen lässt. Bis zu diesem Punkt sind es häufig Bongos, Congas, Tamburins, Shaker oder andere Percussion-Instrumente und das eben bereits genannte Klavier, die für eine rhythmische Begleitung sorgen. Hier ergibt sich auch ein Hinweis auf die Namensgebung des Genres „Tropical House", da genannte Percussion-Instrumente häufig mit tropischen Inseln in Verbindung gebracht werden.

Auffällig ist weiterhin das für elektronische Tanzmusik relativ langsame Tempo von 100-118 BPM. In einem sehr ähnlichen Tempobereich bewegen sich auch andere Songs dieser Künstler oder anderen in Kapitel 4 bereits genannter Produzenten. Beispielhaft seien hier Lost Frequencies „Reality" mit 122

BPM, Sigala „Easy Love" mit 124 BPM, Kygo „Firestone" mit 113 BPM und Klangkarussell „Sonnentanz" mit 119 BPM genannt.

Insgesamt lässt sich allen drei Songs eine simple Harmoniestruktur bescheinigen. Ihnen liegt eine Akkordverbindung aus vier Akkorden zu Grunde, die nicht aus dem klassischen Kadenzschema ausbrechen, im Gegenteil sogar bewährte Akkordverbindungen (I – vi – V – IV oder I – V – IV) nutzen. Eine ähnliche Simplizität gibt es auch in der melodischen Gestaltung. Während die gesanglichen Teile vor allem durch Sekundintervalle geprägt sind, besteht die Grundlage für die Lead-Stimmen besonders aus Tonwiederholungen. Das lässt sich gut am Vergleich von „Stole The Show" und „Show Me Love" festmachen, die beide sehr ähnliche Melodien benutzen, die aus zweitaktigen Phrasen zusammengesetzt sind. Dabei beginnen beide Phrasen immer mit einer aufsteigenden Figur und gehen dann in eine wiederholte Tonrepetition über. Die achttaktigen Formteile werden dabei aus vier dieser Phrasen zusammengesetzt, wobei die letzte (in „Stole The Show" sogar jede zweite einen veränderten Schlusstakt bekommt. Die Melodiestruktur des Trompetensignals von „Cheerleader" ist etwas komplexer, lässt sich aber auch in vier kleine Phrasen unterteilen. Auch Felix Jaehn beginnt die Phrasen mit einer aufsteigenden Figur aus den Dreiklangstönen, setzt aber dann eher auf die Wiederholung dieses Trompetensignals und weniger auf Tonrepetitionen. Trotzdem wird die Phrase viermal wiederholt, wobei in diesem Fall die letzten beiden Wiederholungen durch Variationen ausgeschmückt werden.

5.3 Definition

Tropical House ist ein Sub-Genre des Genres „House", das wiederum elektronischer Tanzmusik zuzuordnen ist. Die Musik zeichnet sich durch ein langsames Tempo von 100-124 BPM und eine Song-Länge von drei bis fünf Minuten aus. Fokussiert wird vor allem eine meist achttaktige instrumentale Melodie-Sequenz, die den Höhepunkt eines Songs darstellt und häufig an die Klangästhetik von (Pan-)Flöten oder anderen tropisch konnotierten, realen Instrumenten angelehnt ist (NPR 2016; Cottingham 2016). Diesem vorgelagert ist eine klassische Verse-Chorus-Struktur mit Gesang, die instrumental simpel begleitet wird. Der Chorus des Gesangs und die Lead-Melodie können auch zusammenfallen. Klanglich sind die Songs neben der Lead Melodie vor allem von Piano-, Percussion- und Marimba-Sounds (Cottingham 2016) geprägt. Obwohl es sich bei Tropical House um elektronische Musik handelt, ist der Einsatz von Synthesizern nicht grundlegend für den Sound, beziehungsweise ist nicht klar herauszuhören, ob die Instrumentation analog oder digital produziert wurde.

Die Lead-Melodie lässt sich in vier zweitaktige Phrasen unterteilen, von denen die ersten drei im Normalfall gleich sind. Diese zeichnen sich durch eine aufsteigende Figur im Rahmen eines gebrochenen Dreiklangs aus, auf die mehrere Repetitionen des Zieltons folgen. Im der vierten Phrase wird die Melodie leicht variiert.

Im Gegensatz zu anderen Genres elektronischer Tanzmusik gibt es im Tropical House nicht zwangsläufig eine durchlaufende Bass-Drum. Rhythmische Begleitungen werden häufig von Percussion-Instrumenten (Bongos, Congas, Shaker) oder Klavier-Akkorden übernommen. Der erste (und vielfach auch einzige) präsente Einsatz der Bass-Drum fällt parallel zum Einsatz der Lead-Melodie. Weitere Unterschiede zu anderen Formen elektronischer Tanzmusik (vor allem auch den House-Subgenres Progressive House und Future House) sind die fehlenden, für Clubmusik typischen Drum-Intros und -Outros und eine sehr begrenzte dynamische und expressive Gestaltung im Ablauf von Tropical House Songs, die vor allem ohne große Kompression auskommt (Cheslaw 2015). Eine markante Steigerung passiert durch Filterung der begleitenden, harmonischen Instrumente. Dabei wird häufig zu Beginn der Klang eines Klaviers oder Synthesizers mit einem Low-Pass-Filter gedämpft, sodass er stark nach einer flächigen Orgel klingt. Durch zurücknehmen dieses Filters wird der Klang im Laufe des Gesangsparts heller und erreicht im Gesangs-Chorus den voll-frequentigen Sound.

Der Aufbau eines Tropical House Songs lässt sich grob in zwei nochmals geteilte Formteile unterteilen. Der Einstieg geschieht durch eine Gesangs-Strophe mit flächiger Begleitung, auf die Pre-Chorus und Chorus folgen, die instrumental gesteigert werden. Vor dem Einsatz der Lead-Melodie gibt es ein kurzes Innehalten in Form eines Drops. Dieser erste Teil (A) ist circa 32 Takte lang. Es folgt als zweiter Teil (B) der instrumentale, meist achttaktige Chorus mit Lead-Melodie und durchgehender Bass-Drum. Nun wiederholen sich die Teile A und B erneut, wobei A instrumental und textlich variiert werden kann. Der Teil B als instrumentaler Chorus kann am Ende zur Betonung erneut wiederholt werden, sodass er zwei Mal hintereinander auftritt. Der Song endet direkt nach dem Chorus ohne Outro.

Diese Form von abruptem Anfang und Ende basieren auf der bereits angesprochenen fehlenden Cluberfahrung und -fokussierung von Tropical House. Da die Tracks nicht für den Club gedacht sind, brauchen sie auch keine acht- bis sechzehntaktigen Drum-Intros und -Outros, um das Mixing zu erleichtern. Die Songs sind trotzdem meist symmetrisch in achttaktige Zyklen teilbar und harmonisch von einfachen viertaktigen Strukturen gekennzeichnet. Dabei werden vor allem Dreiklänge aus der Kadenz der zu Grunde liegenden Tonart benutzt, da Dreiklänge als „light and breezy chords" (Snoman 2014, S. 360) angesehen werden und damit gut zur vermittelten Stimmung passen.

Auf Grund der Nachrangigkeit des Songtextes gegenüber der Lead-Melodie sind die Texte wenig aussagekräftig, beziehungsweise banal und „meaningless" (Cooper 2016). Dabei steht vor allem das Thema „Liebe" im Vordergrund, das in allen drei analysierten Songs aufgegriffen wurde. Wie bereits oben angeführt, sind die meisten Gesangsspuren und damit auch die Texte von den Original-Songs übernommen, sodass die Produzenten außerhalb der Songauswahl keinen Einfluss auf die textliche Gestaltung haben, sofern es sich um Remixe oder Remakes handelt.

Ähnlich wie bei der Festlegung von Balearic House auf musikalische Merkmale verhält es sich auch mit Tropical House. Neben den analytisch distinktiven Parametern, die oben aufgeführt sind, gehört zum Tropical House ein Gefühl des „Caribbean cool vibe" (Lynskey 2016). Lynskey (Ebd.) beschreibt Tropical House weiter mit den Worten: „It evokes a vague but potent feeling of nostalgia for the recent past, the way you might look back on your Instagram shots of a blissful summer holiday in October." Dazu gehört auch eine Inszenierung in sozialen Netzwerken, allen voran Instagram, mit lässigen Fotos von Stränden bei Sonnenuntergängen oder leicht bekleideten Frauen im Pool, die die Sehnsucht nach Sonne, Entspannung und Meeresluft gezielt provozieren (Speed 2016; Lynskey 2016).

6   Diskussion und Fazit

Die Definition von Genres in der heutigen postmodernen Musikkultur stellt eine große Herausforderung dar. Das liegt besonders an der ausdifferenzierten Musiklandschaft, in der sich kein Künstler in Schubladen stecken lassen will, aber auf Grund der Verkaufskategorien in Musikgeschäften und Onlineshops aber dazu gezwungen wird. Daraus resultieren neue Genres, die häufiger von der Musikindustrie benannt, als aus musikwissenschaftlicher Perspektive mittels musikalischer Parameter festgelegt werden. Das wiederum führt zu dem Problem, dass auf Basis von Beispielsongs rückwirkend Kriterien zur Verortung von Musik in der differenzierten Musiklandschaft fixiert werden müssen, wie es auch in der vorliegenden Ausarbeitung der Fall ist. Höchst problematisch ist daran, dass ein „Teufelskreis" aus Beispiel, Analyse und Definition entsteht, da an einer der Stellen eine Setzung passieren muss, die aber nicht willkürlich gewählt werden sollte. Es muss ein Beispiel für ein Genre gefunden werden, das auf Grund des Beispiels erst definiert werden soll. Daher wurde in der vorliegenden Analyse Wert darauf gelegt, dass ähnlich des Diskurses zur Kanonisierung populärer Musik zwischen Experten, Musikwirtschaft und Rezipienten (Appen et al. 2008, S. 27) mehrere Faktoren bei der Auswahl eine Rolle spielen. Im Auswahlprozess der Songs dieser Arbeit sind das vor allem die Veröffentlichung auf Compilations oder in Playlisten, die einen namentlichen Bezug zum Genre haben, und die Nennung in Fachartikeln aus Magazinen und Online-Blogs.

Trotz dieser gezielten und belegten Auswahl bleibt die Analyse mit der daraus resultierenden Definition nur oberflächlich und ist unter keinen Umständen vollständig. Dazu hätten weitere Songs mit differenzierten Merkmalen (zum Beispiel rein instrumentale Songs wie „Sonnentanz" von Klangkarussell) und Songs aus dem Grenzgebiet zu anderen Genres betrachtet werden müssen, um eine distinktive Abgrenzung gewährleisten zu können. Das zeigt sich besonders in den Punkten der Synthese der Analyseergebnisse, in denen nur zwei von drei Beispiel-Songs in den Merkmalen übereinstimmen. Das Problem der ausdifferenzierten Sub-Genre-Landschaft wird besonders in der elektronischen Musik deutlich, die in vielfältiger Weise unterschiedliche, aber auch zusammenhängende Stile und Genre hervorbrachte. Dabei sind es nicht immer überhaupt musikalische Merkmale, die ausschlaggebend für Genre-Zuschreibungen sind, sondern teilweise Orts- und Personenbezüge (Chicago House, Detroit Techno, Garage House). Das führt dazu, dass eine rein textuelle Genredefinition nicht ohne Weiteres in die historischen und soziologischen Zusammenhänge anderer House-Genres eingebettet werden kann, da die distinktiven Merkmale auf nicht-musikalischer Ebene liegen und gar nicht erfasst sind.

Ein weiterer Makel der vorgelegten Definition ist die bereits in Kapitel drei angesprochene Beschränktheit auf musikalische, beziehungsweise textuelle Merkmale der Songs. Es werden also nur wenige Aussagen zu Fanszenen, Festivalkulturen, Künstlerbiografien und anderen historischen, sozialen und ökonomischen Faktoren populärer Musikkultur berücksichtigt. Die Definition kann also auch nur zur Genre-Einordnung auf Basis musikalischer Parameter dienen und schließt damit Songs aus, die zum Beispiel progressive Merkmale aufweisen und eher auf Grund der Zuordnung zu den Produzenten oder Fankulturen „Tropical House" zugeschrieben werden. An dieser Stelle wird deutlich, dass eine umfassende Genredefinition, wie sie in Kapitel zwei gefordert wird, sehr umfangreich ist und nur fachgebietsübergreifend passieren kann.

Die Entwicklung der textuellen Merkmale der Definition stellte sich zudem als schwierig dar, da viele musiktheoretische Konzepte nicht bewusst durch die Produzenten in der Musik angelegt sind. Daraus ergibt sich eine Diskrepanz zwischen Produktions- und Analysesprache, die vor allem in der Sound-Kategorie deutlich spürbar ist. An dieser Stelle hilft nur eine möglichst genaue Beschreibung von Höreindrücken, die in Vergleichen zu „traditionellen" Kategorien und Instrumenten ausgedrückt werden kann. Aus diesem Grund stellte sich die Nutzung von Verlaufsdiagrammen im Gegensatz zur Notation, die an vielen Stellen wegen der Übertragung der Klänge in Notenschrift nicht möglich gewesen wäre, als sehr hilfreich heraus, da besonders zur Beschreibung der Strukturmerkmale eine bessere Übersicht behalten werden konnte.

Die präsentierte Definition kann aber vor allem für die europäische Tropical House-Szene als Grundlage und Orientierung dienen. Dabei muss auch berücksichtigt werden, dass dieses Genre erst 2014 „kreiert" und 2015 einer breiten Öffentlichkeit bekannt wurde, sodass nicht davon ausgegangen werden kann, dass die Künstler manifestierte Genre-Konventionen haben. Hinzu kommt, dass Tropical House durch den hohen Grad an Remixen und Remakes immer auch den musikalischen Kontext der originalen Vorlage berücksichtigen muss, sodass es schon daher auf eine breite Stilpalette zurückgreift. Dies führt wiederum dazu, dass eine Art Crossover-Genre entsteht, das zwar grundsätzliche Genremerkmale hat (wie oben definiert), aber in deren Ausgestaltung (vor allem vokal) eine große Variation aufbietet.

Die Diskussion um die Unterscheidung von Deep House (im Sinne des modernen, auch als „Derp House" bezeichneten Genres) und Tropical House ist nur sehr schwierig zu führen, da es für die beschriebene Musik der auf Seite 21 genannten Künstler nur wenig analytische Literatur gibt. Wie genau die Merkmale von „Derp House" aussehen und was das Genre vom klassischen[8] Deep House unterscheidet ist nur feuilletonistisch aufgearbeitet. Ein großer Unterschied zwischen klassischen Deep House und Tropical House ist aber deutlich die erzeugte Stimmung, die im Tropical House wesentlich freundlicher und freudiger ist als im „düsteren" Deep House, was vor allem an Instrumentation und Harmonisierung liegt. Trotzdem bleibt die Frage, wie „Derp House" und Tropical House unterschieden werden können, wenn die Künstler wie Robin Schulz, Matoma und Lost Frequencies in Shops und auf Online-Blogs in beide Kategorien eingeteilt werden.

Es wird interessant zu beobachten sein, wie sich Tropical House in den nächsten Monaten und Jahren entwickelt und ob es in der schnelllebigen Musiklandschaft Fuß fassen kann oder als Eintagsfliege von neuen Genres verdrängt wird. Besonders der Aspekt der lokalen Verortung von Producern im europäischen Raum und die Adaption der US-amerikanischen Kollegen könnte ein Ansatzpunkt für weitere Forschungen in diesem Bereich sein.

---

[8] Damit ist an dieser Stelle der in Kapitel 5.1.2 im ersten und zweite Abschnitt beschriebene Sound von zum Beispiel Mr. Fingers gemeint.

7   Literaturverzeichnis

ADORNO, Theodor W. (1929). Schlageranalysen. In: *Anbruch. Monatszeitschrift für moderne Musik*. 11 (3), S. 108–114.

ALLMUSIC (o.J.). Garage. Online verfügbar unter http://www.allmusic.com/style/garage-ma0000012308, zuletzt geprüft am 09.06.2016.

APPEN, Ralf von; DOEHRING, André; RÖSING, Helmut (2008). Pop zwischen Historismus und Geschichtslosigkeit. Kanonbildungen in der populären Musik. In: Dietrich Helms (Hg.). *No Time for Losers*. Charts, Listen und andere Kanonisierungen in der populären Musik. Bielefeld. transcript-Verlag, S. 25–49.

APPEN, Ralf von; FREI-HAUSENSCHILD, Markus (2012). AABA, Refrain, Chorus, Bridge, PreChorus - Songformen und ihre historische Entwicklung. In: Dietrich Helms und Thomas Phleps (Hg.). *Black box pop*. Analysen populärer Musik. Bielefeld. transcript Verlag (Beiträge zur Popularmusikforschung, 38), S. 57–124.

APPLE (o. J.). *Sam Feldt: Show Me Love (feat. Kimberly Anne) - Single*. Abgerufen von https://itunes.apple.com/gb/album/show-me-love-feat.-kimberly/id987474208 [28.6.2016].

BEATPORT (2016). Cheerleader - Felix Jaehn Remix. Online verfügbar unter https://www.beatport.com/release/cheerleader-felix-jaehn-remix/1296900, zuletzt geprüft am 21.06.2016.

BENSON, Vitus (2015). *Kygo feat. Parson James - Stole The Show [Official Video]*. Abgerufen von http://www.dance-charts.de/201503165014/kygo-feat-parson-james-stole-the-show [9.6.2016].

BIDDER, Sean (1999). *House*. The rough guide. London: Rough Guides (Electronica).

BOILER ROOM (2014). *What Is Balearic Beat?* Abgerufen von https://boilerroom.tv/balearic-beat/ [30.6.2016].

BRACKETT, David (2005). Questions of Genre in Black Popular Music. In: *Black Music Research Journal*. 25 (1/2), S. 73–92.

BREWSTER, Bill (2008). *In Search of Balearic*. Abgerufen von http://www.djhistory.com/features/in-search-of-balearic [30.6.2016].

BROWN, Harley (2015). *Deep House vs. #DerpHouse: Your Guide to Dance Music's Most Controversial Genre*. Spin. Abgerufen von http://www.spin.com/2015/11/deep-house-guide-mk-erick-morillo-chris-lake-above-beyond/ [10.6.2016].

BUNDESVERBAND MUSIKINDUSTRIE (2016). *Gold-/Platin-Datenbank*. Abgerufen von http://www.musikindustrie.de/no_cache/gold_platin_datenbank/?action=suche&strTitel=Stole+the+Show&strInterpret=Kygo&strTtArt=alle&strAwards=checked [9.6.2016].

CARYL, Kristan J. (2014). *Stop calling it Deep House*. A Mixmag writer rants about the recent mislabelling of his favourite genre. Mixmag. Abgerufen von http://www.mixmag.net/read/stop-calling-it-deep-house-blog?p=music/the-blog/stop-deep-house [30.6.2016].

CHANDLER, Daniel; MUNDAY, Rod (2011). *genre*. A Dictionary of Media and Communication. Abgerufen von http://www.oxfordreference.com/view/10.1093/acref/9780199568758.001.0001/acref-9780199568758-e-1104 [7.7.2016].

CHESLAW, Louis (2015). *What the hell is Tropical House?* Abgerufen von http://www.gq-magazine.co.uk/article/what-is-tropical-house-a-guide [18.5.2016].

COOPER, Jon (2016). *Tropical house is the music of our generation: mindless, meaningless and complacent.* Abgerufen von http://thetab.com/2016/04/01/tropical-house-music-generation-mindless-meaningless-complacent-83294 [5.7.2016].

COSCARELLI, Joe (2015). *OMI Soars With 'Cheerleader' Remix and Aims to Keep Riding High.* The New York Times. Abgerufen von http://www.nytimes.com/2015/07/18/arts/music/omi-soars-with-cheerleader-remix-and-aims-to-keep-riding-high.html?_r=0 [21.6.2016].

COTTINGHAM, Chris (2016). *What EDM Did Next: Why Kygo Wants To Kill The 'Tropical House' Genre.* Abgerufen von http://www.nme.com/features/what-edm-did-next-why-kygo-wants-to-kill-the-tropical-house-genre [30.6.2016].

CRAUWELS, Kwinten (2016a). *Chicago House & Garage House.* Abgerufen von http://musicmap.info/ [15.6.2016].

CRAUWELS, Kwinten (2016b). *Deep House.* Abgerufen von http://musicmap.info/ [10.6.2016].

DISCOGS (2016a). Kygo Feat. Parson James – Stole The Show. Online verfügbar unter https://www.discogs.com/de/Kygo-Feat-Parson-James-Stole-The-Show/release/6922786, zuletzt geprüft am 09.06.2016.

DISCOGS (2016b). Kygo Feat. Parson James – Stole The Show. Online verfügbar unter https://www.discogs.com/de/Kygo-Feat-Parson-James-Stole-The-Show/release/7015908, zuletzt geprüft am 09.06.2016.

DISCOGS (2016c). *Robin S. – Show Me Love.* Abgerufen von https://www.discogs.com/de/Robin-S-Show-Me-Love/release/778785 [28.6.2016].

DOEHRING, André (2012). Probleme, Aufgaben und Ziele der Analyse populärer Musik. In: Dietrich Helms und Thomas Phleps (Hg.). *Black box pop.* Analysen populärer Musik. Bielefeld. transcript Verlag (Beiträge zur Popularmusikforschung, 38), S. 23–42.

FABBRI, Franco (1982). *A theory of musical genres: two applications.* Abgerufen von http://www.tagg.org/xpdfs/ffabbri81a.pdf.

FABBRI, Franco (1999). *Browsing Music Spaces: Categories And The Musical Mind.* Abgerufen von http://www.tagg.org/xpdfs/ffabbri990717.pdf.

GFK ENTERTAINMENT (2016). *Top 100 Single-Jahrescharts 2015.* Abgerufen von https://www.offiziellecharts.de/charts/single-jahr/for-date-2015 [21.6.2016].

HARTMANN, Andreas (2013). *Die vereinigten Raver von Amerika*. Abgerufen von http://www.zeit.de/kultur/musik/2013-06/hakkasan-las-vegas-ibiza-edm/komplettansicht [30.6.2016].

HAWKINS, Stan (2000). Prince: Harmonic Analysis of 'Anna Stesia'. In: Richard Middleton (Hg.). *Reading pop*. Approaches to textual analysis in popular music. Oxford [England], New York. Oxford University Press, S. 58–70.

HEMMING, Jan (2016). *Methoden der Erforschung populärer Musik*. Wiesbaden: Springer VS (Springer VS research).

IRELAND, David (2015). *Electronic Music 101: What is Deep House?* The origin of Deep House music and some examples. Abgerufen von http://www.magneticmag.com/2015/10/electronic-music-101-what-is-deephouse/ [9.6.2016].

JACKE, Christoph (2009). *Einführung in populäre Musik und Medien*. 2. Aufl. Berlin, Münster: Lit (Populäre Kultur und Medien, Bd. 1).

JÄGER, Axel (2015). *Deep House made in Germany – eine Erfolgsgeschichte*. Abgerufen von http://www.dance-charts.de/201503074974/deep-house-made-in-germany-eine-erfolgsgeschichte [15.6.2016].

JOSH (2014). *[TSIS PREMIERE] Jose Gonzalez - Stay Alive (Sam Feldt & Chris Meid Remix): Tropical House [Free Download]*. Abgerufen von http://thissongissick.com/post/jose-gonzalez-stay-alive-sam-feldt-chris-meid-remix [23.6.2016].

JOST, Christofer (2012). *Musik, Medien und Verkörperung*. Transdisziplinäre Analyse populärer Musik. 1. Aufl. Baden-Baden: Nomos (Short cuts - cross media, 5).

KUTTER, Philipp (2016). *Genre für Dummies: Deep House*. Abgerufen von https://thump.vice.com/de/article/genre-fr-dummies-deep-house-765 [1.7.2016].

LANGLOIS, Tony (1992). *Can you feel it?* DJs and House Music culture in the UK. In: *Popular Music*. 11 (02), S. 229. DOI: 10.1017/S0261143000005031.

LEIMANN, Eric (2001). *Deep House in Deutschland*. ... hat es nie gegeben. Intro. Abgerufen von http://www.intro.de/popmusik/deep-house-in-deutschland [9.6.2016].

LYNSKEY, Dorian (2016). *How tropical house's dreamy escapism took dance music by storm*. The Guardian. Abgerufen von http://www.theguardian.com/music/2016/mar/03/how-dreamy-escapism-tropical-house-took-dance-music-by-storm [18.5.2016].

MAC, Ryan (2016). *Tropical House Breakout Kygo Leads Dance Music's Search For Chiller Vibes*. Forbes. Abgerufen von http://www.forbes.com/sites/ryanmac/2016/01/26/tropical-house-breakout-kygo-leads-dance-musics-search-for-chiller-vibes/#3964acdf34c8 [18.5.2016].

MATOS, Michelangelo (2016). *Kygo Delivers Dance Beats, With a Side Order of Pan Flute*. The New York Times. Abgerufen von http://www.nytimes.com/2016/01/20/arts/music/kygodelivers-dance-beats-with-a-side-order-of-pan-flute.html?_r=0 [9.6.2016].

MIDDLETON, Richard (2000). Introduction: Locating the Popular Music Text. In: Richard Middleton (Hg.). *Reading pop.* Approaches to textual analysis in popular music. Oxford [England], New York. Oxford University Press, S. 1–19.

MOORE, Allan F. (2001). Categorical Conventions in Music Discourse: Style and Genre. In: *Music & Letters.* 82 (3), S. 432–442.

MOORE, Allan F. (2003). Introduction. In: Allan F. Moore (Hg.). *Analyzing popular music.* Cambridge, New York. Cambridge University Press, S. 1–15.

MORSE, Phil (2012). *Your Questions: What Is Balearic Music?* Abgerufen von https://www.digitaldjtips.com/2012/11/what-is-balearic-music/ [30.6.2016].

NICK (2014). *World Premiere: Thomas Jack Presents Tropical House Vol. 3 Bakermat Guest Mix + Exclusive Interview.* Abgerufen von http://thissongissick.com/post/world-premiere-thomas-jack-tropical-house-vol-3-bakermat [30.6.2016].

NORMAN, Ben (o.J.). *House Music.* Abgerufen von http://dancemusic.about.com/od/house/g/House_Music.htm [22.6.2016].

NPR (2016). *Digital Pan Flutes And Marvin Gaye: The Blissed-Out Rise Of Kygo.* Abgerufen von http://www.npr.org/2016/05/07/477033241/digital-pan-flutes-and-marvin-gaye-the-blissed-out-rise-of-kygo [9.6.2016].

OBERKALKOFEN, Fiete (2015). *Sam Feldt feat. Kimberly Anne - "Show Me Love".* Abgerufen von http://www1.wdr.de/radio/1live/musik/neu-fuer-den-sektor/sam-feldt-kimberly-anne-show-me-love-100.html [21.6.2016].

PFLEIDERER, Martin (2006). *Rhythmus.* Psychologische, theoretische und stilanalytische Aspekte populärer Musik. Bielefeld: Transcript (Kultur- und Medientheorie).

PHILI, Stelios (2015). *Like It or Not, Kygo's Tropical House is the Sound of the Summer.* Abgerufen von http://www.gq.com/story/like-it-or-not-kygos-tropical-house-is-the-sound-of-the-summer [9.6.2016].

POSCHARDT, Ulf (2015). *DJ Culture.* Diskjockeys und Popkultur. [Aktualisiert]. Stuttgart: Tropen.

RECORDING INDUSTRY ASSOCIATION OF AMERICA (2015). *Gold & Platinum.* Abgerufen von http://www.riaa.com/gold-platinum/?tab_active=default-award&ar=OMI&ti=Cheerleader#search_section [21.6.2016].

REYNOLDS, Simon (1998). *Energy flash.* A journey through rave music and dance culture. London: Picador.

REYNOLDS, Simon C.W. (2014). *House Music.* Encyclopaedia Britannica. Abgerufen von http://www.britannica.com/art/house-music [9.6.2016].

RIETVELD, Hillegonda C. (1998). *This is our house.* House music, cultural spaces, and technologies. Aldershot, Brookfield, USA: Ashgate (Popular cultural studies, 13).

SCHWILDEN, Frédéric (2015). *Wie ein Mecklenburger den Weltsommerhit erschuf.* Abgerufen von http://www.welt.de/kultur/pop/article144480148/Wie-ein-Mecklenburger-den-Weltsommerhit-erschuf.html [9.6.2016].

SCOTT, Richard J. (2003). *Chord progressions for songwriters.* Lincoln: Writers Club Press, US; [distributor] Bertrams.

SEAN (2015). *Why is House Music 128 BPM?* Abgerufen von http://www.edmnerd.com/house-music-128-bpm/ [22.6.2016].

SESSIONS X (2016). *Deep House: How the genre evolved and where it's going.* Abgerufen von http://sessionsx.com/tracks/spotlight/deep-house-how-the-genre-evolved-and-where-its-going/ [1.7.2016].

SHAH, Neil (2015). *A Beginner's Guide to Tropical House, the Breakout Music Genre of 2015.* Abgerufen von http://blogs.wsj.com/speakeasy/2015/12/08/a-beginners-guide-to-tropical-house-the-breakout-music-genre-of-2015/ [9.6.2016].

SNOMAN, Rick (2014). *Dance music manual.* Tools, toys, and techniques. 3rd ed. Burlington, MA: Focal Press.

SPEED, Margot (2016). *You may not know what tropical house is – and that really doesn't matter.* Varsity. Abgerufen von http://www.varsity.co.uk/culture/9471 [18.5.2016].

SPIEGEL ONLINE (2015). Billboard-Single-Charts: Felix Jaehn auf Platz eins in den USA. Online verfügbar unter http://www.spiegel.de/kultur/musik/felix-jaehn-mit-cheerleader-von-omi-in-us-charts-nummer-1-a-1044254.html, zuletzt geprüft am 09.06.2016.

TAGG, Philip (2000). *Kojak: 50 Seconds of Television Music.* Towards the Analysis of Affect in Popular Music. New York.

THAKKAR, Tushit (2015). *10 Tropical house songs you need to have!* Abgerufen von http://edmofy.com/2015/12/14/ten-tropical-house-songs-need/ [15.6.2016].

WICKE, Peter (1992). «Populäre Musik» als theoretisches Konzept. In: *PopScriptum.* 92 (1). Online verfügbar unter https://www2.hu-berlin.de/fpm/popscrip/themen/pst01/pst01_wicke.pdf.

WIKIPEDIA (2016a). *Tropical House.* Abgerufen von https://de.wikipedia.org/wiki/Tropical_House [23.6.2016].

WIKIPEDIA (2016b). *Tropical House.* Abgerufen von https://en.wikipedia.org/wiki/Tropical_house [22.6.2016].

WINKLER, Peter (2000). Randy Newman's Americana. In: Richard Middleton (Hg.). *Reading pop.* Approaches to textual analysis in popular music. Oxford [England], New York. Oxford University Press, S. 27–57.

Analysebeispiele

KYGO (2016). Stole The Show. Kygo feat. Parson James. In: Kygo. *Cloud Nine*. Sony Music.

OMI (2014). *Cheerleader (Felix Jaehn Remix)*. Ultra Records.

SAM FELDT (2015). *Show Me Love*. Sam Feldt feat. Kimberly Anne. Spinnin' Records.

Weitere Musikwerke

FELIX JAEHN (2015). *Ain't Nobody (Loves Me Better)*. Felix Jaehn feat. Jasmine Thompson. Island Records.

KLANGKARUSSELL (2012). Sonnentanz. In: Klangkarussell. *Sonnentanz*. Stil Vor Talent.

KYGO (2014). *Firestone*. Kygo feat. Conrad Sewell. Sony Music.

LARRY HEARD (1986). Can You Feel It. In: Mr. Fingers. *Washing Machine*. Trax Reords.

LOST FREQUNCIES (2015). Reality. Lost Frequencies feat. Janiek Devy. Armada.

ROBIN SCHULZ (2015). Sugar. Robin Schulz feat. Francesco Yates. In: Robin Schulz. *Sugar*. Warner.

SIGALA (2015). *Easy Love*. Ministry of Sound.

VARIOUS ARTISTS (2015). *The Tropical Sessions No. 1*. PolyStar.